JN184241

歌集

紫木蓮の下

天野教子

紫木蓮の下＊目　次

天野教子歌集

紫木蓮の下

還らざる日

テキサスの州花あふれ咲く野の中に立つ孫娘をとめさびつつ

「ソフトボールのやうなる雹が降りました」テキサスより息子(こ)のかけ来し電話

還らざる日と知らざらむ花咲けるテキサスの野に戯れ合ふ孫たち

花すすき秋の光をこぼしをり亡き父のけふは十三回忌

懐かしき人らの住める黄泉の国　迦陵頻伽となりて訪はまし

妖しげの花や真赤きまんじゆしやげ彼岸過ぐればスゥーッと消えぬ

言ひたかりしことありしごと口開けて土に壊えゆく実柘榴ひとつ

シースルーエレベーターに跳び乗りて真つすぐ空に吸ひ込まれたし

スコットランドの旅

英国のアバディーン空港に降り立ちて先づ目にとまる白き蒲公英

古城まで続く荒野に点々と咲ける薊こそ美しかりしか

そのかみに勝利もたらしし薊とぞスコットランド人に愛さる

石造りの素朴な家並　庭ごとに林檎みのらせ薔薇咲かしめて

上半身裸の青い目の子らが鱒追ひ遊ぶバートン・オン・ザ・ウォーター

幻のネッシー胸に顕たしめてみれば妖しく濁れるネス湖

若き日の漱石が鬱々と眺めけむテムズの水のわが前流る

戦後五十年の秋

うから十五人母の米寿を祝ひけり戦後五十年の秋の一日

生きるため余剰のものは枯らすてふ庭師のことばさて吾は何を

投函の後の歩みの軽やかさ師走の空は透くばかりなる

石川の川面につどふゆりかもめ京には住みうくなりたるらむか

小春日のつづけば不安つのるのか今逢ひたしと母より電話

われ一人横断歩橋をわたりをり〈どこか遠くへ行きたい〉やうに

うつつには逢へざる人と逢ひてをりあかつき方の夢の中にて

不断桜ひかりを曳きて散るみれば侘しや比叡の児（ちご）ならねども

ベルギーの少年

ベルギーの十三歳の少年の箸もて蕎麦を啜るさまよし

江間章子の〈夏の思ひ出〉ベルギーの少年たちが優しく歌ふ

少年はつと立ち寄りて販売機にコーラを購ひて浮浪者に渡しつ

熱唱する歌の詞はわかねども少年の首の赤きバンダナ

惑ひやすき心澄みゆく　亡父に似る忿怒の相の磨崖仏の前に

たかだかと花咲かしむるアカシアの木下に佇てば旅心わく

花散りし桜の枝に漆黒の鴉止まりて喪に服しをり

乳房とふ重たきものをもつゆゑに翔び立ちかねつ辛きこの世を

煮物すこし届けしばかりに返り来し器に折紙の蛙が二匹

水銀色の雨の降るなり金剛山も桜も人も羊水のなか

清姫の髪

あさもよし紀伊の国べを流れゆく清き川あり海へと注ぐ

蛇(じゃ)となりて川をわたりし清姫のその心とも夕茜せり

蛇（じゃ）となりて日高川わたる清姫のせつなき眼（まなこ）・うつくしき髪

柿・みかん・りんご・葡萄と並べ来て唇（くち）づけしたくなるのは林檎

九百四十七回〈女の一生〉繰り返し杉村春子卒寿にて逝く

杉村の布引けいは帰らねどわが心処に生きつづけをり

初夏（はつなつ）の田の畔（くろ）に父と眺めにしかの日の河太郎（がたろ）はいづち行きけむ

〈さくら〉とはげに美しき名なるべし桜湯・桜月・はた桜鯛

幾百の瞳（め）に見つめられ佇めば桜蔭は摩訶不思議な宇宙

しだれ桜小雨にけぶる道明寺に出会ひし尼僧と菜の花団子

天川村

霧にぬれて咲く鳥兜・釣ふね草女人結界の柵の此方に

龍泉寺の龍の口より落つる水ここ洞川の名水にして

水澄める川に架けたる吊橋を〈かりがね橋〉と誰が名付けしや

天川村に夜は来にけり闇のなか川は流るる龍のごとくに

ネオンなどあらねば天川の夜は暗し霧にぬれゐむトリカブトの花

霧の中より底ごもりつつ聞こゆるは天なる川の未明の韻律

霜月の風

九十歳迎ふる母に「欲しいもの何一つなし」と言はれて淋し

菜の花や水菜・野沢菜黄に咲けどつばらにみれば少しづつ違ふ

人生のおほよそ過ぎて射手座のわれ番へたる矢は未だ放たず

薄ももいろの匂ひ桜を描きつつ描ききれない霜月の風

妹の手すさびになる十人の道化師（ピエロ）らみんな無邪気な笑顔

桜はなびら額(ひたひ)に付けて愛らしき〈王子の狐〉一口に食ぶ

せめて濡れ落葉の風情欲しきかな今日もキッチン片付くる夫

宝来町

函館の宝来町を通りけり幻に聴く「酒は涙か」

函館山の霧ふかくして傍らの夫の姿も見失ひたり

雨に滲む街灯ならぶ倉庫の街　啄木も見しかもめ見てをり

函館の潮騒に向きて緩やかな坂あり犬と少女が下る

坂の下には白い小舟を舫ひゐて何かときめく未来ありたり

〈日本の坂百選〉にえらばれてわれには美しすぎる坂なり

六月の花嫁

「六月に結婚します」とふいに言ふ吾娘を見つめて声も出ずわれは

金もなく地位なくされどポジティブな男と生きて行かむとす娘（こ）は

スイッツランドの見知らぬ村の教会に二人だけの式挙げてゐむ

いま頃は登山電車に二人乗りユングフラウに見惚れてゐむや

吾子嫁ぎひと月経ちぬ窓の辺にオランダの木靴（サボ）夏の陽を浴ぶ

新婚旅行（ハネムーン）のみやげに貰ひしテーブル掛けエーデルワイスの花溢れ咲く

移り来て七年経ちぬ街路樹の葉をきらめかせ夏の陽沈む

大江山生野の方はいづべかと娘（こ）の部屋に眺む薄曇りの空

階上から階下へ通り抜けてゆく秋風よまるで娘のやうに

子別れの儀式にも似て歌九首冷たきポストの底へ落しぬ

絶滅危ぐ種

「絶滅危ぐ種の鳥」の名記す新聞に「惧」の絶滅をひそかに危惧す

単線の線路に沿へる急な坂のぼれば卒寿の母が待つ家

魂をあらはすといふ大銀杏くえて去りゆく力士の背中

雲ひとつなき十二月の京の街　まねきの文字の踊るごと見ゆ

冬陽ざし麗らに照ればとぼけたる木瓜の花咲く〈せせらぎの径〉

棟上げを終へし夕べを団居する若き大工のなべては茶髪

あたたかき雲の上にぞ転びなむ誰にも逢ひたくないと思ふ日

きらきらとまばゆき水の光（かげ）のなか白魚漁の梁（やな）打つをとこ

歯刷子にビオレu（ユー）つけて歯を磨き慌てて吐き出す春のあけぼの

いつしかに椿あかあか花つけて赤不動のごとさ庭に立てり

雪ふる日ひつそりと花咲かせゐし枇杷なり青き実が育ちをり

後瀬山

逆上り初めて出来た少女子（をとめご）の眼にうつりゐし後瀬（のちせ）山の桜

堅田より眺むる湖（うみ）は茫と煙り空もみづうみも錫色にして

錫色の湖水に仕掛けしいくつもの魞（えり）をみて過ぐ〈雷鳥〉に乗り

世紀末の花を心に刻むべく夕ざくらまた夜桜をみる

水浅葱の空にひろごる夕ざくら雀の睦む声ふりやまず

逢ふことのもしもあらばと五十年（いそとせ）経て訪ひし若狭にきみはあらなく

朝明けの浜に拾ひしさくら貝しわみたる掌（て）にのせてかなしむ

ＪＲ小浜線より手を振りて別れを告げぬさよなら後瀬（のちせ）山

オーガンディーの薔薇

瓶(かめ)に挿すオーガンディーの薔薇のため誰にも見えぬ水注ぎをり

ほととぎす空のかなたで鳴きてをり娘(こ)は新しき命はぐくむ

粉河寺の観音様に掌(て)を合はせ朝毎に祈りくるる老母は

蒸し暑き夜なり窓を開けむとし脳(なづき)をよぎる松本サリン事件

カリカリと蜻蛉(あきつ)を食ひし蟷螂の手を合はせ何かを祈る様する

樹齢五百年の榎の巨木に巻きつきて身ぐるみの花定家葛は

赤ん坊

長崎の平和の像のかたちしてみどりごねむる小雪舞ふ日を

わが腕の中にて〈おもちやの交響曲〉聴きつつやがて眠りし赤子

昼と夜の境もあらず孫抱きて揺り籠となりし五十日間

娘(こ)の家におおいとま乞ひして帰れどもいまだ治らぬ膝関節痛

まんまるい月のごとくに肥りたる赤子を懐ふ春宵一刻

擦り足で部屋歩む吾を目で追ひて目が合へばニコッと笑ふ嬰児（みどりご）

嬰児（みどりご）の喃語やさしも時折は奇声を発する不思議な孫よ

干物になるために生まれて来たんぢやない網の上にて鯵は呟く

藤尾とふ女にかかはりし男らを想へり胡蝶らん満開

遠き日を思ひ出せとや庭隅に一本(ひともと)生ひぬカヤツリグサは

汚き川も水増しくれば清涼な水辺情緒を漂はす不思議

生き過ぎしこと

霜月の桃の返り花小さけれ生き過ぎしことふと洩らす母

托卵する鳥うつくしき声に鳴く杜鵑しかり郭公しかり

ヒタキとは鳥の翁よしかれども枝から枝へしなやかに翔ぶ

うつしみを黒衣に包みものを書く瀬戸内寂聴の真赤き座布団

庭いっぱい香りのシャワー撒きてゐし木犀なりしが昏き樹となる

水浅葱いろにか細く蛇行して行く紀ノ川を弟と眺む

厨房を芳しき香に満たしめて最後のくわりんも腐りたりけり

果実はも死の直前に芳しき香りを放つ如何(いかん)せむ人間(ひと)は

歌九首ポストに入れて帰るさを「今日が最後の日でも悪くない」

轍

仏にはみそはぎの花供へよと告(の)らしし父を思ふ盂蘭盆

山畑へ登りゆく道も舗装されあまたの轍もいまはまぼろし

意識不明となりたる夫を助くべき術なし夜半に心経を唱ふ

倒れしとふ夫に会はむと〈スーパー白兎〉おそし遅しと心は急ぐ

日赤に着けばＩＣＵを出て今朝病棟へ移りしと聞く

病床にて点滴うけてゐる夫は駈けつけしわれに対きて微笑む

夫の退院よろこべど吾(あ)の不眠症またぶり返しあかつきに覚む

ふかぶかと大雪の中に埋もれゐる石のごとくに黙つてゐたい

鬱の字の画数ほどに憂きことの多きこの年はやばやと行け

夕風が涼しくなつたと気がつけば道端の薄花つけてゐる

ブンガワンソロ

紀ノ川の水にて産湯をつかひにし赤子も今年古稀を迎へぬ

蟻通神社へ詣づ市女笠の女人のやうに帽子被りて

あかあかと窓染めてゐし百日紅の色褪せてゆく季移るらし

亡き人に再び会はむ紀ノ川の流れ流れて海に入るごと

アスファルトの歩道を歩む蟷螂がつと立ち止まり首かしげたり

吊革を持つわれに対き唐突に「どうぞ」と席を立ちし若者

好男子のかの若者の目の中にいかな老女と映りしならむ

住む人の絶えたる家の軒先に高砂ゆりがゆらりゆうらり

指あそびの狐の口にをさなごはその柔らかき唇（くち）当てにけり

午睡する幼子の顔を覗き込みそつと別れぬ扉（ドア）をしめて

娘（こ）の家を午後一時過ぎにおいとまし新幹線にてコーヒーをのむ

インドネシアの青年アジ氏目を閉ぢてブンガワンソロ静かに唄ふ

心の淵

緑陰にひつそりと在る〈冷泉院址〉碑（いしぶみ）に添ふひるがほ二輪

ゆふぐれの京（みやこ）大路をひとり行く不義の子産みし藤壺おもひて

別るる日が涼しい季節(とき)であるやうに夏をガンバリマスと老母(はは)いふ

老母(はは)を訪ふ車中に読めり復刻版尋常小学唱歌一冊

七人の曾孫の写真棚に飾り命全けく老母(おいはは)います

若狭路のお水送りに列なりて松明かかげ二キロを歩む

火の粉ふる真夜の境内に仰ぎ見し若狭の空の星のまたたき

風雨の中傘すぼめ行く新しき登美子の歌碑にただ会ひたくて

旧家ゆゑ獅子に追はるる思ひして晩年を生きしうら若き登美子

小正月の庭を歩めば霜柱崩るる音すなつかしき音

寒の日も花咲かせ継ぐ野牡丹の紫いよよ小さくなりぬ

昨日までの厳しき寒波も嘘のごと藍ふかぶかと今朝の空のいろ

わが家も九年が経つ芝生にもおのづと細き径定まりぬ

落葉(らくえふ)の続く並木の道駈けて小さくなりゆく赤きブルゾン

永訣の日に身につける一切を用意してゐしはははそはの母

棺に入れよと母の取り出だす箱の中に死出の装束・数珠と臍の緒、一冊の本

棺の中に入るるものまで整へし老母の心の淵知らざりき

マチマチの街

三角屋根・陸屋根・前栽・ミニガーデンわが住む町はマチマチの街

紅葉の季（とき）なれば見る人もなき風吹きすさぶ野の月見草

食べ終へし舌鮃の骨を熱心に皿に描きし晩年のピカソ

鉢植の木瓜にも季節移ろひて薄黄いろの実をひとつ付けたり

この世界の何処かに平和が売つてたら買ひたいと言ひしアフガンの少女

アフガンの国歌を歌ふ少女らに涙にじます眞紀子外相

言葉では言へない悲嘆　あーあーと今朝も鴉が鳴いてゐるなり

松らしきよろけざまのありといふわがよろけざま何に似てゐむ

人通り少なき湖辺（うみべ）の町にして茶房に聴けりサン・サーンスの曲

〈浪人踊り〉とふ伝承の踊りあり編笠かぶりて夜すがら踊る

戦ひに敗れし武士の魂鎮めの踊りとぞ現代（いま）に伝へてゆかし

「群馬サファリ」とひとりごちつつ幼子は縫ひ包みの熊とキリンで遊ぶ

人と会ふことわづらはしひとり来し里の畑には菜の花咲いて

夕つ日に胸の羽毛を染めながら二羽の四十雀さへづりやまぬ

朝霧の立ちこむる街　街路樹も人も車も乳白色（ちちいろ）のなか

歌にあらずは撥（はら）ひがたきか少年はバス停にけふもギターを爪弾く

愛宕詣り

無形民俗文化財とふ壬生狂言ひと目みたくて西方寺へ急ぐ

和久里（わくり）とふ郷（さと）にし入れば檜葉の門しつらへありて精気授かる

檜葉の門くぐればそこは聖域にて古刹へ通ふ畑中の道

檜の精の宿る舞台に壬生狂言演ずるはなべて村の若者

〈愛宕詣り〉のお供が投ぐる菓子あまた拾ふ子どもら拾へぬ子もをり

スカーレット・オハラ

スカーレット・オハラのやうな師の君が「須磨の巻」読む時に涙す

朱夏の風頬(ほ)に心地よし球根を植うる手許にみみずは跳ねて

早朝の冷気の中に漂へる合歓の花の香すひつつ歩む

十五歳の少年の姿しか知らぬ教へ子より届く山野草の鉢

苔生せる狛犬ふたつ何百年ここに住みしか対き合ひにつつ

ほうたるを追ふ子もゐないふるさとの山路に咲ける蛍ぶくろよ

あと絶たぬもの医療ミス・食品偽装・幼児虐待

苔ながら送りてくれし一鉢の杜鵑草(ほととぎす)は夏を辛くも越しぬ

二羽在りし番ひの鳥の片割れも老いて一軀を傾げて止まる

逢ひたしと思ふ一人は逢へぬ人　いとまなく白き藤の花ふる

きみ住みし街の並木にたましひは帰り来む青き風となりて

与謝の海

麗らかな与謝の海見ゆかなたには影絵にも似て天の橋立

そのかみの和泉式部も祈りしや知恵の文珠に掌(て)を合はせたり

薔薇の木に薔薇の花咲くふしぎさを思ひつつ巡る冬のバラ園

古稀すぎて希望ありとは言はねどもけふも聞こゆる「明日があるさ」

父逝きて二十年（はたとせ）の秋弟は埋没林調査に富山へ発ちぬ

北陸の禅寺に来て金色の大日如来の前に瞑(めつむ)る

ベッドの周囲(まはり)歩くことさへ叶はざる九十五歳ははそはの母

桜花に逢ひに行く

南禅寺・安倍文殊院・大覚寺さくらの咲けば気も落ちつかず

萌えそむる木々のみどりの間(あはひ)にぞさくら繚乱安倍文殊院

母を思ひ思ひ詫びつつ桜井の安倍文殊院の桜花（はな）に逢ひに行く

風吹けばいつせいに桜花（はな）ふぶくなり悲しみもちて夫と眺むる

瞑（めつむ）りて拝（をろが）み眼（まなこ）あけたれば白き狐のほほゑみたまふ

春がすみ濃き真昼ゆゑ晴明のながめし大和三山みえず

一日の介護を終へて単線の車窓に眺む桐のむらさき

昨日までの雨もあがりて紀ノ川の水澄めばわが心洗はる

美しき羊の切手貼られたる絵葉書とどきぬ　未歳(ひつじ)のわれに

「麗しのサブリナ」観つつわれもまた卵を割りつたちまち六個

暗闇の庭にて尻もちつきにけり〈金の生(な)る木〉を折りてしまへり

老母(おいはは)は弱きひとりとなり果てぬ雨に朽ちゆく梔子の花

老木にちひさき花の咲くやうに老母は折ふしほほゑみかくる

Y邸の古井の傍に咲きてゐし凌霄花いまも咲けるや

顔のない蛙

「園庭に顔のない蛙がゐるのよ」と受話器の奥のをさなが話す

欅並木、楓並木を歩み来て足裏(あうら)は知れり秋の深まり

十一月はわが生れ月さ庭べのさざんくわ雪白の花咲かす月

柊の花こまやかに散り敷きて六人目の孫四歳となる

イラク派遣いかに思ふと尋ねられ不安かくせぬ自衛隊員の妻

鱓のレプリカ

ジンベイザメよりも鱓がいいと言ふをさなごに買ふ鱓のレプリカ

梅一輪咲きし元日　十日経て五つ咲きたるこの平安よ

兼六園の庭を流るる曲水の岸辺の草も角ぐみてゐむ

オンブバッタ孤りとなりて生きてをり生きよ最終の息する刻(とき)まで

南極大陸(なんきょくたいりく)のペンギンいつせいに黙したり皆既日蝕となれる一瞬

あらためて看護師に名を訊ねられ老母すらすらと旧姓名告る

殉死せし乃木希典の生れし地に五十四階建超高層ビル建つ

春陽さす明るき部屋に老母（おいはは）は眠れりムンクの〈叫び〉のごとく

「母さん」と呼べば目を開け微笑みぬ痩せても母は暖かきかな

歌はねば萎えゆくこころ蝶は舞ひ蜂も踊りを踊る春来る

暮れなづむ池の辺(ほとり)にしづもりてさくらは立つを物の怪のごと

堪へてこそ春に咲く花と言ひましし祖母（おほば）おもひ出づ桜木の下（もと）

萱草いろ

萱草（わすれぐさ）いろのカーディガンを購ひて忘れたきこと忘れむとする

耳遠き夫と暮らせばいつしかに発語すくなきわれの日常

梔子が咲いてゐたつけ国立市の吾娘の下宿を初めて訪ひし日

そらみつ大和

境内に満つる光に包まれてまなこを閉ぢつ朱夏の大神神社（おほみわ）

太古より美しかりし三輪の山別れ惜しみし額田王

ふりむけば三輪山を隠す雲もなし真夏まひるのそらみつ大和

ゆつくり老いむ

羊の群れ鯖の群れ率（ゐ）て涅槃像ゆつくりゆつくり行く朝の空

いつの間に似て来しならむ男の孫が後ろに立てば息子の気配

装ひを凝らして過ぎる美女よりもなほ美しき五月の薔薇

陸奥湾のとれとれの帆立送りくれし教へ子おもふ逢ふことのなく

ヘブンリーブルーと言へる朝顔の日すがら咲けり空恋ふらむか

荒々と脱皮してゐる花梨あり脱皮できねばゆつくり老いむ

水溜りにアメンボ遊びゐしことも思ひ出の中　舗道を歩む

雨上りの空ひと処光（かげ）差して幽かに邃（ふか）しそこは隠り世

吉事のあれな

来む年は吉事（よごと）のあれな北向の玄関にローズマリーは溢れ

風邪癒えぬ小暗き視野にパイナップルセージの花がちらちら赤し

還暦を去年に迎へし教へ子の送りてくれしアンデスの薯

植物図鑑がほしいと言つてゐた孫に送りてやりつ明日(あした)は聖夜

かぎろひの萌黄の衣に身を包む女性(をみな)よ麗しき四十代たれ

並ぶこと極度に厭ふわが夫よ短気の性とばかりは言へず

講談社の『孝女白菊』読みさして物干台から海を見てゐた

繁殖の難きカクレクマノミの卵はあはれビーズのやうなり

明治四十一年生れの母の脈しつかり打つてますよと医師は

命をかけて

薄桃色の綿菓子のやうな百日紅　ゆうらりゆらりゆらりゆうらり

笛の音を合図に一斉に走りゆく園児六人その最後の子

六月の斜面(なだり)を埋めゆれてゐる白くまどかなる蒲公英の絮

冠動脈形成術とふ手術の前弟は寝たきりの母を気づかふ

わが宿の鬼門に植ゑし柊の老いて丸き葉ばかりとなりぬ

遠き日の幸せの象（かたち）見るごとし切り岸に咲く合歓のくれなゐ

二泊三日の旅に出ようかセロトニン少し足りないやうな日の暮れ

樺太マスは産卵のためふるさとの川目指しゐむ命をかけて

眼が可愛いネ

カナヘビの尻尾をつかみ掌(て)にのせて「眼が可愛いネ」と五歳児が言ふ

離れ住む吾息(あこ)がテレビに出るといふ十一月は火曜から始まる

天竺葵（ゼラニウム）刈り取りて庭に積み置けば葉は土となり茎のみ残る

遠き日に過ぎてしまひし風を見つモネの描きし〈日傘の女〉に

アマリリス・サフランモドキまた水仙ヒガンバナ科と識（し）りぬ秋の日

この家にクリスティとふコリーがゐて吾娘と戯れゐたる秋の日

白き卓九人で囲み乾杯すアイスワインをグラスに注（つ）ぎて

子供座席（チャイルドシート）に乗せられた孫「東京へも来てね」と幾度もバイバイをする

リビングの隅にきちんと置かれありレゴブロックの黄色きバケツ

一葉の井戸

〈一葉の井戸〉が見たいと言ふわれを地図を片手に息子が案内す

夫と息子と菊坂下りまづわれが〈一葉の井戸〉とふ標識見つく

一葉の旧居にいかなる人住むやカーテン閉ざし物の音せぬ

〈一葉の井戸〉のポンプに手を触れて等身大の一葉に遭ふ

たんぽぽぽぽ、　たんたんぽぽぽ、　タンポポポ池の堤を黄に染めてゆく

落椿あまりに大き落椿とほきむかしの帽子おもほゆ

とのぐもる空より降れる繊き雨　雨はさくらを美しくする

ザ・ストリングスホテルの三十一階に目を覚ましたり品川は雨

シューベルトに逢ひに

まるでシューベルトに逢ひに行くやうに河野美砂子は楽器へ歩む

霧ふかき北山通り古風なる醫院の庭の白薔薇の白

松ヶ崎川音立てて逝く岸の辺の緑の中に卯の花白し

奈良山は若葉の季節　葬られし帝の骨や女帝の骨や

オホムラサキの羽化に見入りてゐたるとき窓の外（と）は雨どしやぶりの雨

眩しきまで翅光らせて蜻蛉の二つ繋がり飛ぶ淵の上

これお土産と少しはにかみエスニックなポーチを呉れぬタイ帰りの孫

濃縮された愛に涙す今宵また加藤登紀子の〈レモン〉を聴きて

足もとで静かに水を吸ふ揚羽蝶（あげは）　邪魔しないやう濯ぎ物干す

棟（あふち）の実光（て）るべくなりてやうやくに猛暑の夏も過ぎにけらしな

旋律は風紋のごと胸に沁むサン・サーンスの〈アフリカ幻想曲〉

空とほけれど

この夏の猛暑に耐へて来し網戸冷たき秋のさ水で洗ふ

クレヨン画のやうな白雲うかびゐつ葉書二枚を書き終へしとき

表と裏の顔もつ埴輪はじめて其を造りし人はやいにしへの世に

頬白の二羽むつまじく遊びをり唐楓の樹を鳥籠にして

葉の落ちし唐楓の並木うす朱く夕日に染まるこの街を愛す

老ふたり地味に暮らせるリビングに二度咲きくるるるブーゲンビレア

朝ごとに雪かきをして通ひしこと愉しかりしよ小学時代

アンカラの空とほけれど遠けれど雪は降るらむカッパドキアに

金婚の朝

三人子の贈りてくれし寝台に目を覚ましたり金婚の朝

朝の窓開くればみどりの木洩日が腕に届きておはやうおはやう

金婚の夜を二人で乾杯すプラムワインのグラスかたむけ

幾重にも花びら重ね麗しき刺もつ花を薔薇と書くなり

紫木蓮の広葉しげりて七月の強き陽射しを濾過してくるる

小半日母の辺にゐて一度のみ襁褓替へしを車窓におもふ

うさこちやんの耳とも見ゆるサンスベリアゆふべ鋭き刃と化する

花にもの言ふ

今日とふ日を力尽くして咲きてゐる芙蓉に明日といふ日のあらず

高砂百合の蒴果さやさや風にゆれ過ぎにし夏を語るごとしも

ささがにの蜘蛛のおこなひ眺めてはゆつくり歩く池のめぐりを

見るたびに花増えてゆくブーゲンビレア深紅の色は我を励ます

篝火草は北の窓べに置きませうふたりの友を逝かしめし冬

「海外旅行?·そんなのちつともしたくない」夫の返事はいつも同じい

二上山(ふたかみ)の稜線くつきり藍に澄む北川進と永訣の朝

おみくじに凶を引けども大禍なく過ぎてゆくらし睦月・如月

西の空朱泥のごとく染め上ぐる入り日を俳画の師と眺めたり

唇の厚き魚の眼球がギョロリと動く魚（うを）の眼力（めぢから）

齟齬多き老年期こそかなしけれ寒肥おきつつ花にもの言ふ

紫木蓮の下

大いなる紫木蓮の下(もと)に佇めば頬撫づる風ふるさとに似る

街のざわめきいつもと同じ　ひそやかに吾娘(あこ)は夫の赴任地へ発つ

青々と青葉繁りて青年のごとき花梨をあさあさ見上ぐ

俯きては啄みながら小走りに幼鳥あよむクローバの森

盥にて洗濯しをれば日盛りを遠ざかりゆく葭簀売りのこゑ

閉院してだあれも来ない診療所　プランターにはベゴニア咲いて

電柱に絡みつき咲くひるがほとぬばたまの闇にひらく夜顔

格子縞（チェック）の服・リボンの長い麦藁帽アンに似てゐたあの夏の吾娘（あこ）

ロブスターまるごと食べたあの夏と同じ旅行をふたたびはせず

未来と思へば

「これからを未来と思（も）へば明るし」と詠みし友逝き空木咲き初む

不幸との危ふきバランス保ちつつ生かされてをりアキノキリンサウ

霜月の楓の並木道ゆけば降り来る黄葉（もみぢ）残れる紅葉

魑（すだま）らの小（ち）さきてのひら踏むごとく唐楓の落葉ふみて来にけり

わたくしが草でありし日聴きてゐしトランペットはアベリアの花

なにもかも受けてやるよといふやうにやはらかく青き春の虚空(おほぞら)

おのづから止(とど)まりかねて散るやうに桜がちるよ大川堤

造幣局のさくら見て来しわれの目に優しかりけり胡蝶花(しやが)の群落

「菫ほどな小さき人に生れたし」と漱石先生のある日の本音

流　木

湯梨浜の湯に浸りたいといふ夫と通草の花の散る日に来たる

誰もゐない大浴場に目を閉ぢて身を沈むればわれは流木

「茶粥弁当」親子で食べたそれだけのことに充ち足る水無月の奈良

吾（あ）の膝を気遣ひくるる息子（こ）と娘に背筋伸ばして歩いてみせる

懐かしく見ることだらう「塔の茶屋」で撮りし写真を老いたる子らは

友ありき短歌(うた)の話や今日の料理と話題は尽きず先に逝きにき

母逝く

夜明の空白みゆくころ百二歳の母はこの世を去り給ひけり

泰山木・くちなし・紫陽花・沙羅の花、此岸彼岸の間（あひ）に咲く花

初夏（はつなつ）に咲くえごの花しろたへの花のひとつが母とかさなる

これの世に凌霄花咲きました母はいづべを歩みいますや

故郷

故郷はいつしか無人駅となりシャッター閉ざせるままの売店

弟は青き蜜柑を捥ぎくれぬ秋刀魚にかければ旨いよと言ひ

落葉する桜一樹に語るごと秋雨は降る幹ぬらしつつ

真夜中に階(きだ)下りくれば少しだけリビングの扉(ドア)開きてゐたる

この夏の淋しきことのひとつにてカナヘビの子の姿見ざりし

つぶ貝がぶつぶつ言ひて過ぎりたる後からにこにこサーモンが来る

翌檜(あすなろ)の木も老いにけりいつの間に八十路の坂にさしかかりたる

弟との会話はづみて外(と)に出ればゆふべの空に月かかりをり

あーつあー、車も家もコンテナも船も一瞬に波に呑まれた

マグニチュード九・〇消えてしまつた東北の村よ町よ優しき人よ

撤去されし瓦礫の跡に疾く萌えよ明るき色のたんぽぽ・すみれ

狭山池の桜咲けどもこの春は花見する人ひとりもあらず

瓦礫の中より泥まみれなる写真一枚そと拾ひ上げ胸に抱く男を

羅

半ば葉を出したる桜の下に佇ちやり過ごしゐる快速急行

アカシアの花散り敷きてゆふぐれの歩道ほのかに香りただよふ

宅急便の箱を開くれば母の日のカードを添へて羅いちまい

手術室に夫入りゆきて六時間おなじ思ひを娘と分かちつつ

津波から三月を経たる瓦礫のうへ熊の縫ひ包みが空仰ぎをり

キュルキュルと点滴の支柱台押して夫歩み来ぬ微笑みながら

撫子ジャパンの主将(キャプテン)の名は澤穂希まことと雄々しき名前なるべし

涙かれ果ててから

津波より四か月経ぬほんたうの悲しみは涙かれ果ててから

「ぼく一人で祖母（ばあば）の家に来たかつた」少年は吾の眼を見て言へり

体つき華奢な十歳児の大冒険「のぞみ」に乗りて一人で来阪

隣家より美しきズッキーニ賜りぬ今夜のおかずはラタトゥイユにせむ

浪江町の人らの踊る盆踊りあやにやさしも涙し流る

送り来し扇風機組み立てられずして吾娘の帰省をひたすら待てり

帰省せし娘（こ）が組み立てし扇風機の風は金木犀の香を運び来る

歌会の日近づくある日唐突に心配となる「歌出したっけ」

白きはなびら

葉ざくらの下に休めばわが袖にひらり零れぬ白きはなびら

わが押せる手押車に轢かれたる蓬は放つ初夏の香りを

最近は席を譲らるること多しけふは青い目の男（を）にゆづられぬ

「カナヘビには瞼があるんだよ」と言へり十二歳児は目を輝かせ

娘（こ）の就職記念に植ゑし紫木蓮が猛暑の陽射しさへぎり呉るる

六月の車窓より見えし合歓の花けふ見れば無し造成地つづく

夕ざくら

さくら咲く公園の昼　ゆつたりとブランコ漕ぐ子走り回る子

絶え間なくさくら散りをりかくれんぼの鬼の肩にも桜ちりをり

夕ざくら寂(しづ)けき園のお稲荷様　掌(て)を合はすとき見得を切る狐

夕ざくら咲きしづもれる公園に花を仰ぎてたたずむ老女

花桃の木下に幼き藪柑子見つけぬ明日はよき日とならむ

明日かも

六十兆の細胞すべて死するにはまだ日のあらむいいえ明日かも

淀みつつも緩やかに行く時間かな聾（みみしひ）の夫と二人だけの日々

白梅がちらりほらりと咲きゐるを窓越しに見て茶を飲む二人

テレビつけて眠れる夫よぞんぶんに愛しただらうかじつと顔みる

三朝川の畔をふたりで歩いたね椿の花が散つてゐたつけ

除染とて運動場の土削る　カビ生えし餅削りしはむかし

鈴鳴らし住吉の神に掌を合はす吉事（よごと）のあれよ吉事（よごと）のあらむ

夕さりは冷えびえとするリビングにアイスキャンディー食べをり夫は

百十の瞳

百十の瞳（め）がいつせいに吾（あ）を見つむ昭和二十九年四月の教室

どつしりと賀状の束の鎮座せる郵便受けを覗くときめき

色とりどり象（かたち）さまざまな賀状の龍　吾に囁く「共に生きよう」

花ならばさくら草の花やはらかき吐息のやうな一歳児のころ

図書館の長椅子（ソファー）の隅にねむる老　膝に『千姫狂乱』を置き

この地の上に

虐待する人間(ひと)の真上を「コハカハイイ、コハカハイイ」と鴉はいそぐ

花桃の熟れ実のあまた落つる庭　けさは交じれり蟬の骸も

残り生（よ）も少なくなりぬ若き日の〈目白〉の理想胸に消えねど

あかあかとあかあかあかと鶏頭の燃えてゐるなりこの地の上に

あとがき

この歌集は、『あまりりす』（平成四年　短歌新聞社）以降の私の作品から三九五首を抄して収めた第二歌集です。年齢では六十歳から八十歳にあたります。作品は、ほぼ製作順に配列していますので、私の生の軌跡と深くかかわり合っています。顧みて過ぎ去った私の〈老い〉の時間の重い意味を、あらためて嚙みしめています。

この稿を書いています一月五日は、二十四節気の小寒にあたります。明るい日差しが降りそそぐ窓に、葉を落とした紫木蓮が聳えています。この家に越してきて二十五年を共にした木です。わが家では唯一の巨木なのです。私は、ときどき庭仕事の手を休めてこの木の下に憩います。因って歌集名といたしました。
この集を編むにあたり、安田純生白珠代表にはご多忙の中をご懇篤なるご指導をいただきました。心より深く感謝申し上げます。また、上梓にあたっては、青磁社の永田淳様に一方ならぬご配慮を賜りました。記して厚くお礼を申し上げます。

天野　教子

平成二十九年一月五日

著者略歴

天野　教子　（あまの・きょうこ）

昭和六年　和歌山県橋本市に生まれる。
昭和二十九年　日本女子大学文学部国文学科卒業。
昭和四十三年　「白珠」入社。
昭和四十九年　「白珠」同人となる。
昭和五十年　白珠同人選集『星宿』に参加。
昭和五十二年　第十四回白珠新人賞受賞。
平成四年　歌集『あまりりす』出版。

白珠叢書第二四〇篇

歌集　紫木蓮の下

初版発行日　二〇一七年三月二十四日
著　者　天野教子
富田林市寺池台五―九―二二（〒五八四―〇〇七三）
定　価　二五〇〇円

発行者　永田　淳

発行所　青磁社
京都市北区上賀茂豊田町四〇―一（〒六〇三―八〇四五）
電話　〇七五―七〇五―二八三八
振替　〇〇九四〇―二―一二四二二四
http://www3.osk.3web.ne.jp/~seijisya/

装　幀　濱崎実幸

印刷・製本　創栄図書印刷

ISBN978-4-86198-374-0 C0092 ¥2500E